Tropiflexión

Mangotina
Alcanflor

Tropiflexión

Edición Subacuática (2024) Ediciones Pluma Verde
ISBN: 9798227863409

edicionesplumaverde@gmail.com

x.com/edicionesplumaverde

Abatido llora el cielo mientras deshoja

los almendros que sembré.

Índice

Visión del Nuevo Acuario

Era un mundo inmerso en agua. Su primer recuerdo del Nuevo Acuario estaba claramente definido entre las colinas que transvasaban el fondo del mar, teñidas de arena y turquesa por los rayos que lograban zambullirse, escapando el Sol.

Se había adaptado a reconocer la facha de su hogar junto a sus rasgos más sombríos, recordándole al juego de oscuridades vacilando sobre el agua bajo la luz de la luna. Solía nadar por la selva de quelpo como si más bien corriera, sintiendo que la vida se había convertido en una alegre expedición para enseñarle a vivir. A respirar con naturalidad aún bajo el peso del océano que languidecía sobre sus hombros.

A veces se preguntaba qué fuerza logró inundar al mundo y cómo llegó el ser humano a respirar libremente a trescientos pies bajo el abismo, siendo la última pregunta realmente la primera, el día en que notó el tanque de buzo de su padre, luego en sus primos, hasta que un día notó el suyo propio también. "Aprendimos a nadar, pero, más que eso, aprendimos a vivir bajo el agua que insistía en ahogarnos cada segundo," le explicaba su padre mientras arreglaban una pieza de su equipo de buzo. Aún era joven y no conocía los pormenores del cataclismo –

sólo lo que alcanzaba a escuchar en ocasiones, cuando los mayores se lamentaban por la falta de alguna conveniencia de antaño. Habían descubierto la forma de vivir sin tanques de buzo dentro de un sistema de cuevas submarinas con huecos que ascendían a espacios jamás imaginados posibles en la vida anterior. Espacios que se hubiesen considerado subterráneos desde la firmeza de la tierra, fértiles en oxígeno gracias a las rocas de manganeso que producían *oxígeno oscuro* – como le llamaron los científicos al descubrirlas – como si la piedra fuese una batería que les permitía descansar al terminar el día y recargar los tanques de oxígeno según pudieran.

Inevitablemente debían subir a la superficie en una de dos ocasiones: Cuando había que tomar aire mientras el tanque de oxígeno recargaba o cuando era necesario recorrer una amplia distancia, aunque esto solía pasar poco, ya que la fluidez de la corriente conseguía engañar a la gravedad, permitiendo una gracia de movimiento inquebrantable. De la superficie vitalicia conservaba un recuerdo difuso y somnoliento, apocándose con el tiempo hasta ser simplemente una gestión menester

para ventilar. La vida, tal cual, existía
bajo el mar.

Curiosamente, las pocas personas con quienes compartían el ambiente no tenían agallas, pues aún estaban conscientes de su humanidad – suficientemente interdependientes con la superficie para reconocerla como el hogar disoluto de sus vidas antepasadas. No sólo veían a la superficie como una fuente de oxígeno, sino de un suplemento más vitalicio y elemental: la esperanza de algún día volver a asentarse en la tierra – una quimera tan escurridiza como fugaz, pues la marea no daba señales de regresar al nivel ideal. Tal vez eran los primeros del linaje que evolucionaría hasta tener las agallas para dejar de subir a mendigar el aire vital. Pero si llegase a pasar – si llegase a surgir el primer *homo agallas* – sería a costa de su humanidad, pues necesariamente tendría que convertirse en otra cosa para ser lo que aún no es: un animal indescifrable, aunque familiar.

Había visto alguna vez en su niñez, aunque no recordaba si en sueño o *de facto*, a una criatura parecida: una mujer vestida de blanco, acompañada de un hermoso animal azul cielo, con enormes ojos redondos y curvaturas estriadas sobre el lomo. Una monumental criatura con un aire de misterio milenario. Tenía varias protuberancias finas,

así como unas aletas gigantescas que bien

pudieran haber sido dos mantas, que le

permitían a la criatura movilizarse pues

carecía de patas, como los animales de

granja que había conocido en la niñez del

cataclismo. Y el pez le pareció hermoso y

grotesco a la vez, con una mirada amplia y

fija, petrificada sobre algo indescifrable. Y

eso le produjo una especie de terror, pues de

pronto entendió que aquel animal lánguido,

a pesar de todo, dejaría de respirar y esto, a

su vez, le asfixiaba a ella.

2 de septiembre de 2013

Olvido[1]

Y me sigo hundiendo,

En las profundidades de ese vasto océano,

Llamado Olvido.

Lentamente desciendo,

Mientras observo a la multitud transitar la
superficie…

Tan lejos. Tan efímera ante mis ojos,

Navegan con desespero volátil el pugilato de
lo cotidiano –

¡Tan lejos!

Y yo, inmersa en un continuo descenso,

Observando ilusiones nadar furtivamente,

---

[1] Ganador del segundo premio en poesía en el Certamen Literario organizado por el Departamento de Lenguas y Literaturas de la Universidad Interamericana de Puerto Rico, Recinto de San Germán, 2011.

De mi lado hacia doquier,

Peces multiformes exaltados por la súbita
expulsión,

De mi presencia.

La claridad opaca de la vida conocida… ¡tan
lejos!

Un punto indefinido sobre la superficie
temporal,

Desvanecido entre la corriente y la
incrementada distancia,

Hasta difuminarse en la vastedad de un
océano sin tiempo,

absorto en la oscuridad.

Y me sigo hundiendo,

En una ausencia terrenal cada vez más lejos,

Del tumulto apasionado de las olas del
presente,

Adentrada vorazmente en la profundidad del
olvido.

Ya no alcanzo a ver nada que no sea
indomable infinidad,

Guiándome por rumbos transeúntes y
desconocidos,

Una travesía de exilios cotidianos,

Sin lamento y sin fin.

Y me sigo hundiendo

Hasta escuchar un silbido, a lo lejos,

Un sonoro eco de esperanza lanzado por el
Gran Misterio,

Una estruendosa promesa despertando mi
existencia con aval.

Observo al fondo una tímida luz brillar,

In crescendo esparce su luz, haciéndome
recordar,

Que sólo bajo honda absorción,

Se percibe la esencia de la Vida.

Despiertan mis ojos ante la infinita gama de
colores

Fusionados impetuosamente hasta formar la
Oscuridad.

Abro mi mente indefinidamente

A la misteriosa belleza de la profundidad.

Confío en la novedad de mis agallas, que me
permiten sobrellevar,

La travesía indeleble hacia el fondo

de la más pura verdad.

Y me sigo hundiendo.

Don

Algo en mi va naciendo…

Va creciendo, va latiendo,

Va expandiendo su conciencia en mi

pensamiento.

Se esculpe un ser con alado sentimiento,

Va domando con pudor al viento,

Espada erguida hacia el firmamento.

Algo en mi va naciendo,

Va soñando, va muriendo,

No se rinde a pesar del tiempo,

El don de permitirse vivir

A ojo abierto, sin arriendo.

Ave y Fiera

Las aves cantan al compás del alba,

Partiendo el ritmo de la gran ciudad.

Mientras que, en la montaña,

Se levanta oportuna la fiera, voraz

y ágilmente estremecida, cual sombra

Parda sobre el tenue velo de la mañana.

Viajero

Entre rincones y senderos de la vida,

Acobijado en aposentos clausurados y

Recuerdos entreabiertos,

Al acecho de roedoras verdades,

Transita sigiloso el viajero.

Con Ojos de Turista

Intento acercarme a mi nueva vida en esta ciudad con una tímida mezcla de curiosidad e indiferencia. Debo admitir que me cuesta compartir mis vivencias, ya que acostumbro a reservármelas como experiencias. En el mejor de los casos, como prueba de existencia; en el más asediante de los casos, como divisa de cautela en contra de mi auto absorción.

Entonces, tal vez haya llegado la hora de hacer como el mangó y madurar. Talar arduamente el fértil terreno de la realidad, con la esperanza de cultivar los frutos de una perspectiva renovada. Respetar el auto potencial como una herramienta de

bienestar, propio y comunitario, para el

sacro como para el indigente; ciudadano

planetario y ente inferencial. Tratar lo

cotidiano con ojos de turista para remediar

la hipermetropía de lo rutinario.

Helados

El viejo se había sentado en el banco

a disfrutar su helado: pequeño placer que le

concedía la vida, en tonos de piña y parcha.

Su lengua coqueteó con el primer bocado

cuando de pronto vio pasar a la hembra de

su vida. Sus piernas kilométricas

desembocaban en una curvatura radiante y

sensual. El ruedo de su falda apenas rozaba

la raíz de sus muslos. Caminaba con

tumba'o. Sus pechos jamaqueaban

sincronizadamente, al son de pasos decisivos

y estruendosos en su auto confianza. *Clik-*

clak, clik-clak. Cada taconazo domando la

bestia adversa enclaustrada en el cemento.

El viejo se perdió en una turbia ensoñación, helada y frutal. Fue entonces cuando la hembra de pronto se detuvo a pedir el de coco que sintió a su cuerpo detonar. Aquella voz profunda y discordante con el poder de transformar parcha en tamarindo con la alquimia de la audacia. Una explosión fugaz de nácar helado sobre el pantalón.

Teresa[2]

Eran las ocho de la noche cuando Andrés decidió arreglar su vespertino mostachón para proseguir con la caza de su vida. La deseó con vehemencia desde el primer momento en que la vio; cató sus interminables y tozudas piernas, cual horizontes perdidos al vaivén del azar, con minucioso deseo de posesión. Sabía que era cuestión de tiempo en lo que su corazón estallara en aullidos de socorro y de placer

---

[2] Cuento ganador del tercer premio en el Certamen Literario organizado por el Departamento de Lenguas y Literaturas de la Universidad Interamericana de Puerto Rico, Recinto de San Germán, 2011.

por ella, Teresa – la usurpadora de tugurios y cataclismo de su vida.

Todo había comenzado unas horas atrás, cuando la vio caminando – conspicua y radiante – desde la cabina de su automóvil, de camino a su asediado hogar después de una larga faena en el taller de mecánica. Andrés había terminado de cuadrar el inventario de cotización de autos abandonados, y se encontraba de camino a la casa, donde Tomasa lo esperaba con el plato estelar de las cinco y veinte de la tarde: tostones de plátano con arroz blanco y patitas de cerdo fritas - resplandecientes con manteca suficiente para embadurnar de martirio su esbozado corazón. El familiar

olor a *Mazola* se extendía por toda la casa

como neblina acechante, hasta permear con

espeso aire la sala: taberna novelera y

campo de refugio por excelencia de Tomasa,

su esposa por veintitrés años, de ojos

apagados y cutis curtido por tantos años de

enfrentar a la intemperie la batalla constante

que se hacía llamar Vida. Sin embargo, se

manifestaba con cierto aire de dignidad

desvariada, imposible de ignorar;

borbotando constantemente de sus poros,

impregnando de tenacidad todo cuanto

tocaba hasta llegarse a palpar el tedio

constante de la habitación marital

desvencijada. Un cuadro de Cristo Rey

coronaba la butaca estelar, descansando su
mirada hacia abajo con la melancolía
resignada de quien había aceptado su destino
de ejecución por una manada de
malagradecidos. Tomasa, empeñada en
hacer de tripas, corazones – se mostraba
reacia a sucumbir a su destino sin antes
sacarle en cara a Cristo Jesús su arduo
peregrinaje por la vida, y quien aún le debía
el favor de albergarle de las incumbencias
restantes que le deparaba la vida mediante el
derrochador vicio de tejer. Tomasa
terminaba de dar punto final al mantel que
se derramaba desde el tejedor como lágrima
soberbia de María Magdalena, cuando sintió
la claridad súbita de los focos del auto

anunciarse por el balcón, hasta asomarse por

su puerta.

Andrés había llegado.

Ese día, se mostraba algo derrochado en

su parsimonia habitual, manifestándose, así

como un pescador experto, preparando los

nudos de su barca antes de abandonarse a los

caprichos desvariados del mar. En cambio,

Tomasa continuaba tejiendo su red de

malabares especulativos cuando se dio

cuenta de que eran las 6:36 de la tarde, y su

esposo aún no había sucumbido ante la

dulce tentación hecha tostón, ni mucho

menos al blanco quehacer de su

tradicional arroz.

— "No te he visto comer"

— "¡Ay que va, mujer! Si ya con el espesor del aire se me ha llenado la panza."

Tomasa rebosó su dominio sobre la aguja para dar puntazo final a su gran obra: María Magdalena entregando sus lágrimas a la miseria de su destino, regando las flores de la misericordia con sus saladas brillantinas de dolor y resignación. La obra le había tomado cuatro meses en completar, pero la satisfacción de hilvanar las plegarias de la dulce Virgen prostituta la llenaban de la satisfacción plena y exclusiva de quien ha entregado su corazón a las taciturnas promesas dispuestas por la fe. A las 6:45 de la tarde, las carcajadas de la hiena Travieso

retumbaban a través del televisor

perennemente encendido, estallando en risas

provocadas por el gran torbellino de

improperios justificados contra el prójimo.

Mientras tanto, Andrés procuró establecerse

en el cuarto de baño cual se adjuntaba hacia

el patio exterior de la casa. Procuró torcer la

cerradura mientras se miraba en el espejo.

Observó su piel curtida por el sol, la faena

diaria, y el pesar de los largos años; Su cara

definida singularmente por la frondosidad

rebelde de un bigote que prefería morir de

pie que vivir de rodillas… y, súbitamente,

comprendió lo que tenía que hacer.

Con una economía certera de sus movimientos, Andrés rebuscó el botiquín del lavatorio hasta encontrar la navaja embotada y sigilosa que había de trazar las coordenadas exactas de su hombría sobre su bigote. Andrés dibujaba con cuidado los confines de su prodigioso mostachón: no escatimaba en tiempo para lograr el estilo perfecto, cual había visualizado como pináculo de admiración desde que era un chamaco de 14 años en el Bronx: el fu-manchú al estilo de Willie Colón en *Crime Pays*. Con menuda insistencia, deslizaba la navaja sobre el eje del bigote, para otorgarle así un estilo de suave simetría. A medida que surgía la figura deseada, Andrés sentía su sangre revolcándose, despertando en sí un sentimiento que creía haber olvidado. Ponderaba todas las veces que había sentido su instinto animal agarrarlo desprevenido, arañando, vociferando mediante gruñidos el deseo que él elegía callar – "por respeto a Tomasa", se decía. Pero los años pasaban y la voz solo lograba cobrar mayor claridad, como si hubiese desarrollado autoconsciencia suficiente para dar voz a su más recóndita perversión, incitando a la acción mediante el primitivo lenguaje de la lujuria.

Continuaba moldeando la frondosa jungla de masculinidad cual brotaba sobre sus labios. Se consideraba un hombre decidido, firme… restringido. Atado por la conciencia y los dictámenes sociales que cada vez hacían menos sentido para la recóndita voz de animal que le llenaba el coco de barbaridades, batalladas con el tesón que sólo puede ofrecer la mano nívea de Dios, tendida hacia él como promesa de salvación. Por eso admiraba tanto a Tomasa, esa mujer de lúgubre despecho y árido semblante, que por tantos años había cargado sobre sus frágiles hombros la pesada cruz de sus condolencias, enclavada de todo tipo de pesadumbres: la muerte de sus dos hijos mientras los alimentaba con fallida esperanza en su vientre; la osadía de

lidiar con el recuerdo de su madre, quien ya
se encontraba en las últimas aquella tarde de
abril en que, afligida por un incontrolable
temblor corporal, decidió enfrentarse al
demonio épico de la Muerte, sin más
protección que la espada de la Palabra asida
en su diestra y su armazón de fe
inquebrantable en la siniestra.

Andrés pausó la faena estilística para
observarse en el espejo. Sus patillas se
entrelazaban con su bigote para lograr así la
sincronía facial tan arduamente deseada. Se
sintió ruborizar con el calor de la emoción;
había postergado este momento por muchos
años, y a cuesta de muchas penas. Una y

otra vez amordazó sus más efímeros deseos
por sus padres, por Teresa, por el mundo… y
más que nadie, por él. Se rehusaba a
sucumbir ante aquella voz, empeñada en
sugerir las verdades más impunes de su
realidad como hombre… como aberración
humana. Escuchó la voz por primera vez en
su conciencia una lejana y pegajosa tarde de
junio en que decidió que Tomasa era la
mujer ideal para él: leal, eficiente, devota.
Con tenacidad y arduas plegarias de placer,
la voz intentaba desvariarlo del camino de
Dios, sembrando cizañas sobre un futuro
que prometía infelicidad, porque se
empeñaba en traicionar la naturaleza del
desvarío que le había deparado su destino.

A fuerza de tapujos y pura maña, siguió hacia adelante; porque él era Andrés, campeón de damiselas y mujeronas. Pero la voz cada vez cobraba mayor fuerza, desarrollando argumentos a favor de su tozudo afán en el oscuro rincón de su inconsciencia, hasta que logró hacerse escuchar. Era la voz de la razón de su humanidad; la guía emblemática de su lucha interna contra su más vehemente inclinación terrenal. "No puedes seguir viviendo esta mentira", le aconsejaba la voz al hombre tambaleante del espejo.

— "Eres todo un macho y eso nunca va a cambiar".

Había seguido muy de cerca el vaivén de sus piernas tozudas, halando en cada paso toda su fuerza de voluntad, hacia un vórtice de confusión y frenesí. Desde que la vio, sabía que era exactamente lo que había soñado, en algún lugar muy oscuro y oprimido de su cerebro. Sintió sus vísceras retorcer con una mezcla de anticipación, deseo, y recalcitrante negación. Sin embargo, la rotunda reclamación de su conciencia fue opacada por una voz muy clara, decidida a retomar el liderato de su intrínseca vocación. Apenas había alcanzado a ver su expresión aturdida reflejada en el retrovisor de su carro cuando de pronto, se encontró detenido en la luz roja de la penúltima intersección para ir a su casa.

Aun no entiende como sucedió. Le pareció inexplicable como sus pezuñas cobraron fuerza propia para sonar la bocina de su carro, y como había bajado el cristal del pasajero de su carro para emitir un ladrido de urgente procuración. Menos entiende como semejante fiera de mujerona, revoltosa de pasiones, gira su melena cobriza en un movimiento ligero para quedar enfrentándolo, con ojos picaros y amplia sonrisa. Sus pómulos ruborizados jugaban disonantes con los tenues rayos del atardecer para encender las facciones de su cara.

Rápido supo que detrás de la sonrisa

complacida y los labios carmesí se escondía

los secretos del fuerte carácter. No

aguantaría mierdas, y más que nada fue esa

condición predispuesta la cual encendió su

pasión a niveles jamás experimentados.

Sintió sus propios labios extenderse

lentamente en una sonrisa tentativa, trazando

apenas la sorpresa inexplicable que sentía

languidecerse en su interior. Ella volteó la

cabeza hacia la luz contraria a la

intersección, cual cambiaba de verde a

amarillo, y Andrés quedo atónito al observar

el protuberante secreto de su vacilación.

Comenzó a dirigirse apresurada hacia su

carro, con la diligencia de quien se ha

resuelto a vivir cada minuto derrochante de la vida a constancia y plenitud.

No tenía tiempo que perder. Había aprendido esa lección muy temprano en su vida, cuando un día despertó en la oscuridad con una palpitación estruendosa cual insistía en retumbarle el corazón. Los médicos no encontraron ningún rastro físico de aquella dolencia misteriosa, pero ella sabía muy bien que algo dentro de sí se encontraba fuera de sincronía; un deseo aprisionado por los constructos de la sociedad. Sus padres nunca lo entendieron, lo cual era de esperarse; se encontraban tan ajenos a su propia realidad, tan absortos en el vaivén de su rutina, de la monotonía de sus ocurrencias; autómatas operando bajo la premisa de lo establecido bajo el dictamen de sus propios padres, y los padres de sus padres, hasta encontrarse enmarañados en un torbellino ancestral de reglas impuestas por los demás, que debían seguir en contra de todos, a pesar de haber olvidado exactamente por qué las seguían. No en balde, creía fielmente que la vida no fue hecha para entenderse, sino para gozarse; y después de arduas penurias a consecuencia de la exclusión y el remordimiento que provocó su decisión, un día despertó decidida a ser quien sabía realmente quien era, al demonio lo que pensaran los demás.

Al fin de cuentas, que remedio sino aceptar

la batuta de revolución que había caído entre

sus manos.

Estaba adelantada a sus tiempos. Su

familia, incapaz de entender que nació con

una visión diferente de la realidad, la rezagó

al olvido. No podían comprender cómo ella

– después de ellos haberlo sacrificado todo –

decidió escupirles en la cara con ese

afrontamiento a su apellido, a su dignidad

intocable de núcleo familiar. Eran pobres,

pero eran dignos; la criaron bajo el escudo

infalible del Todopoderoso, y les salc con

esa trastada de querer revocar la sentencia

de vida impuesta por Dios. De todos modos,

siempre supo que en su corazón imperaba

ante todo su deseo de mujer, y ella ya se

encontraba ampliamente consciente de sus

convicciones como para retroceder.

Cambia la luz de amarilla a roja. Ella

vio en la mirada de ese hombre al animal

alocado y tenaz, amordazado por la pesadez

de un siglo de piedra, y supo en un instante

que el deseo de ese hombre era un

relámpago, cual destrozaba con la

electricidad de sus impulsos la vasta nébula

gris del exilio impuesto por el tabú. Ella

observó como la luz de su intersección

cambió a verde, y a no poder llegar a él

antes de que prosiguiera la marcha, señaló

hacia sí y exclamó con su voz de miel lo

único que se le ocurrió:

— "Teresa… ¡En la plaza a las ocho!"

Andrés quedó estupefacto. ¿Había

escuchado bien? Hasta se sintió asediado por

la súbita responsabilidad impuesta sobre él.

En la plaza a las ocho… ¿sólo por hoy?

¿Estaría siempre allí? Teresa... el nombre se

extendía por su pensamiento en un remolino

de confusión. Sintió la gravedad de su

trastada instigarlo con culpa y repulsión.

Pero, si apenas había hecho contacto visual

con ella, atraído por el magnetismo de sus

piernas, sorprendido por su maldito deseo

animal. ¡Ni que él! Él, quien era todo un

hombre, dejándose mangonear por los

caprichos de un tozudo mujerón de la calle.

Mientras más lo pensaba, más sentía el

espesor de su voz envenenar su sangre. Pero

su mirada y su sonrisa conspicua inspiraron

en él algo que no podía explicar: la voz

dentro de sí riéndose a carcajadas,

entrelazada con el odio fermentado de su

inclinación desvariada. Y mientras tanto

Tomasa en la casa, sin duda tejiendo sus

lamentos sobre el interminable mantel de

remordimientos y pérdidas que nadie logrará

reponer. Tomasa, con sus plátanos fritos y su

arroz blanco, tratando de remendar su facha

de esposa dedicada, con los trapos

desteñidos del arrepentimiento que carcomía

su corazón. Y él aquí, como todo un cabrón, deseando toda una aberración ante los ojos de Dios y de la humanidad, desafiando las llamas de Satanás con apenas un escudo hilvanado de conciencia y repulsión.

Sólo faltaba una intersección y tres señales de PARE para llegar a su casa; aun lo asediaba su conciencia con la explosión de su deseo y la tenacidad de su represión. Toda una vida de negociaciones consigo mismo versus toda una posibilidad de placeres delirantes, derrochadores, inminentes. Hoy su deseo se hizo carne; se materializó en toda una proyección de ideas y erupción de emociones que dieron forma al mal que había procurado batallar

indefinidamente. Pero qué carajos le daba la

sociedad a él, sino una faena diaria de ocho

a cinco y un lote de carros mohosos y

abandonados; Una mujer seca y escuálida

que sólo estaba por estar, por operación

automática de un sentido de deberes

cotidianos que, francamente, lo estorbaban

más de ayudarlo. Mandaría a Tomasa al

infierno si no supiera que contaba con el

seguro de vida del Espíritu Santo, que le

pasaría la cuenta a él cuando la trilla

menguante de su vida llegara a su fin. De

un golpe súbito, sintió toda la rabia

restringida de su vida inundar su alma con

reclamaciones y condenas, y supo con

deslumbrante claridad que la voz animalada, alocada y locuaz que procuraba amordazar no era otra cosa que la voz de su conciencia misma, y que todos estos años había apostado sus intereses al banco equivocado. Sintió su voz cobrar fuerza y decisión, e inmediatamente supo que había callado toda una vida para este momento. Una supernova de ilusiones comenzaba a constelar su pensamiento, y se deslumbró ante él todo un plan de posibilidades reprimidas, formulado sigilosamente a base de especulaciones fantasiosas, en el caso extremo de verse despertando ante la vida. Saldría a la caza puntual esa noche a las ocho, y la buscaría a ella, a Teresa, el fortunio de su vida, con sus tozudas piernas y la espesa miel de su

encantadora voz – el claro entendimiento de

su Tierra prometida. Si qué carajos, él no es

un monigote ambulando por la vida en un

Sálveme de lágrimas; él es Andrés, todo un

hombre con capacidad para elegir, y hoy

había encontrado lo mejor de dos mundos,

unidos en un nuevo comienzo.

Y fue así, en un gesto que recogía la

culminación de toda una vida de decisiones

no tomadas, cómo hoy había decidido

sucumbir ante Teresa, ese idilio más allá de

mujer con el cual había soñado. Teresa, la

única mujer que sabría – tanto en auge

matutino como en afán vespertino – lo que

es verdaderamente un hombre. Bendita

Teresa, y la jugosa tentación de su manzana

de Adán, tendida inminente al árbol de su

Vida.

Inamorata

Vivo plenamente enamorada de la palabra,

Eterno amor acorazonado en mi alma,

Desenfrenadamente cantando

una alegoría desentonada,

Pacientemente esperando

El nacimiento de las agallas,

Para concederle finalmente al espíritu

suplicio de aire en la profundidad.

2/22/12

Aguardando el Instante

Vivir enraizada en cada momento,

Si bien tolerando el caluroso aire de

posibilidad,

Cual versátil quimera que aguarda el

instante,

En que triunfa gigante

ante la adversidad.

2/22/12

Otros Libros Por

Ediciones *Pluma Verde*

Sakura

*Cineterapia: Película Como
Metáfora
(Una Introducción)*

Disponibles a través de:

KDP

Barnes & Noble

Books2Read

… ¡y más!

Sobre la Autora

Mangotina Alcanflor es una escritora desplazada en el tiempo. Vive en la eterna búsqueda del atardecer perfecto.